Rainer Maria   Rilke

Das Marien-Leben

.

Rainer Maria   Rilke

Das Marien-Leben

ISBN/EAN: 9783337353476

Hergestellt in Europa, USA, Kanada, Australien, Japan

Cover: Foto ©Andreas Hilbeck / pixelio.de

Weitere Bücher finden Sie auf **www.hansebooks.com**

Rainer Maria Rilke

Das
Marien-Leben

ζάλην ἔνδοθεν ἔχων

Im Insel-Verlag zu Leipzig

41. bis 50. Tausend

Druck der Offizin W. Drugulin, Leipzig

Duino, Januar 1912

━━━━━━━━━━

Heinrich Vogeler

dankbar

für alten und neuen Anlaß

zu diesen Versen

━━━━━━━━━━

Inhalt

	Seite
Geburt Mariä	7
Die Darstellung Mariä im Tempel	8
Mariä Verkündigung	10
Mariä Heimsuchung	11
Argwohn Josephs	12
Verkündigung über den Hirten	13
Geburt Christi	15
Rast auf der Flucht in ägypten	16
Von der Hochzeit zu Kana	17
Vor der Passion	19
Pietà	20
Stillung Mariä mit dem Auferstandenen	21
Vom Tode Mariä (Drei Stücke)	22

Geburt Mariä

O was muß es die Engel gekostet haben,
nicht aufzusingen plötzlich, wie man aufweint,
da sie doch wußten: in dieser Nacht wird dem Knaben
die Mutter geboren, dem Einen, der bald erscheint.

Schwingend verschwiegen sie sich und zeigten die
        Richtung,
wo, allein, das Gehöft lag des Joachim,
ach, sie fühlten in sich und im Raum die reine
        Verdichtung,
aber es durfte keiner nieder zu ihm.

Denn die beiden waren schon so außer sich vor Getue.
Eine Nachbarin kam und klugte und wußte nicht wie,
und der Alte, vorsichtig, ging und verhielt das Gemuhe
einer dunkelen Kuh. Denn so war es noch nie.

zurück zum
Inhaltsverzeichnis

Die Darstellung Mariä im Tempel

Um zu begreifen, wie sie damals war,
mußt du dich erst an eine Stelle rufen,
wo Säulen in dir wirken; wo du Stufen
nachfühlen kannst; wo Bogen voll Gefahr
den Abgrund eines Raumes überbrücken,
der in dir blieb, weil er aus solchen Stücken
getürmt war, daß du sie nicht mehr aus dir
ausheben kannst: du rissest dich denn ein.
Bist du so weit, ist alles in dir Stein,
Wand, Aufgang, Durchblick, Wölbung —, so probier,
den großen Vorhang, den du vor dir hast,
ein wenig wegzuzerrn mit beiden Händen:
Da glänzt es von ganz hohen Gegenständen
und übertrifft dir Atem und Getast.
Hinauf, hinab, Palast steht auf Palast,
Geländer strömen breiter aus Geländern
und tauchen oben auf an solchen Rändern,
daß dich, wie du sie siehst, der Schwindel faßt.
Dabei macht ein Gewölk aus Räucherständern
die Nähe trüb; aber das Fernste zielt
in dich hinein mit seinen graden Strahlen —,
und wenn jetzt Schein aus klaren Flammenschalen
auf langsam nahenden Gewändern spielt:
wie hältst du's aus?

Sie aber kam und hob
den Blick, um dieses alles anzuschauen.

(Ein Kind, ein kleines Mädchen zwischen Frauen.)
Dann stieg sie ruhig, voller Selbstvertrauen,
dem Aufwand zu, der sich verwöhnt verschob:
So sehr war alles, was die Menschen bauen,
schon überwogen von dem Lob

in ihrem Herzen. Von der Lust
sich hinzugeben an die innern Zeichen:
Die Eltern meinten, sie hinaufzureichen,
der Drohende mit der Juwelenbrust
empfing sie scheinbar: Doch sie ging durch alle,
klein wie sie war, aus jeder Hand hinaus
und in ihr Los, das, höher als die Halle,
schon fertig war, und schwerer als das Haus.

zurück zum
Inhaltsverzeichnis

Mariä Verkündigung

Nicht daß ein Engel eintrat (das erkenn),
erschreckte sie. So wenig andre, wenn
ein Sonnenstrahl oder der Mond bei Nacht
in ihrem Zimmer sich zu schaffen macht,
auffahren —, pflegte sie an der Gestalt,
in der ein Engel ging, sich zu entrüsten;
sie ahnte kaum, daß dieser Aufenthalt
mühsam für Engel ist. (O wenn wir wüßten,
wie rein sie war. Hat eine Hirschkuh nicht,
die, liegend, einmal sie im Wald eräugte,
sich so in sie versehn, daß sich in ihr,
ganz ohne Paarigen, das Einhorn zeugte,
das Tier aus Licht, das reine Tier —.)
Nicht, daß er eintrat, aber daß er dicht,
der Engel, eines Jünglings Angesicht
so zu ihr neigte, daß sein Blick und der,
mit dem sie aufsah, so zusammenschlugen,
als wäre draußen plötzlich alles leer
und, was Millionen schauten, trieben, trugen,
hineingedrängt in sie: nur sie und er;
Schaun und Geschautes, Aug und Augenweide
sonst nirgends als an dieser Stelle —: sieh,
dieses erschreckt. Und sie erschraken beide.

Dann sang der Engel seine Melodie.

zurück zum
Inhaltsverzeichnis

Mariä Heimsuchung

Noch erging sie's leicht im Anbeginne,
doch im Steigen manchmal ward sie schon
ihres wunderbaren Leibes inne, —
und dann stand sie, atmend, auf den hohn

Judenbergen. Aber nicht das Land,
ihre Fülle war um sie gebreitet;
gehend fühlte sie: man überschreitet
nie die Größe, die sie jetzt empfand.

Und es drängte sie, die Hand zu legen
auf den andern Leib, der weiter war.
Und die Frauen schwankten sich entgegen
und berührten sich Gewand und Haar.

Jede, voll von ihrem Heiligtume,
schützte sich mit der Gevatterin.
Ach der Heiland in ihr war noch Blume,
doch den Täufer in dem Schoß der Muhme
riß die Freude schon zum Hüpfen hin.

zurück zum
Inhaltsverzeichnis

Argwohn Josephs

Und der Engel sprach und gab sich Müh
an dem Mann, der seine Fäuste ballte:
aber siehst du nicht an jeder Falte,
daß sie kühl ist wie die Gottesfrüh.

Doch der andre sah ihn finster an,
murmelnd nur: Was hat sie so verwandelt?
Doch da schrie der Engel: Zimmermann,
merkst du's noch nicht, daß der Herrgott handelt?

Weil du Bretter machst, in deinem Stolze,
willst du wirklich den zur Rede stelln,
der bescheiden aus dem gleichen Holze
Blätter treiben macht und Knospen schwelln?

Er begriff. Und wie er jetzt die Blicke,
recht erschrocken, zu dem Engel hob
war der fort. Da schob er seine dicke
Mütze langsam ab. Dann sang er lob.

zurück zum
Inhaltsverzeichnis

Verkündigung über den Hirten

Seht auf, ihr Männer. Männer dort am Feuer,
die ihr den grenzenlosen Himmel kennt,
Sterndeuter, hierher! Seht, ich bin ein neuer
steigender Stern. Mein ganzes Wesen brennt
und strahlt so stark und ist so ungeheuer
voll Licht, daß mir das tiefe Firmament
nicht mehr genügt. Laßt meinen Glanz hinein
in euer Dasein: o, die dunklen Blicke,
die dunklen Herzen, nächtige Geschicke,
die euch erfüllen. Hirten, wie allein
bin ich in euch. Auf einmal wird mir Raum.
Stauntet ihr nicht: der große Brotfruchtbaum
warf einen Schatten. Ja, das kam von mir.
Ihr Unerschrockenen, o wüßtet ihr,
wie jetzt auf eurem schauenden Gesichte
die Zukunft scheint. In diesem starken Lichte
wird viel geschehen. Euch vertrau ich's, denn
ihr seid verschwiegen; euch Gradgläubigen
redet hier alles. Glut und Regen spricht,
der Vögel Zug, der Wind und was ihr seid,
keins überwiegt und wächst zur Eitelkeit
sich mästend an. Ihr haltet nicht
die Dinge auf im Zwischenraum der Brust,
um sie zu quälen. So wie seine Lust
durch einen Engel strömt, so treibt durch euch
das Irdische. Und wenn ein Dorngesträuch
aufflammte plötzlich, dürfte noch aus ihm

der Ewige euch rufen, Cherubim,
wenn sie geruhten neben eurer Herde
einherzuschreiten, wunderten euch nicht:
ihr stürztet euch auf euer Angesicht,
betetet an und nenntet dies die Erde.

Doch dieses war. Nun soll ein Neues sein,
von dem der Erdkreis ringender sich weitet.
Was ist ein Dörnicht uns: Gott fühlt sich ein
in einer Jungfrau Schoß. Ich bin der Schein
von ihrer Innigkeit, der euch geleitet.

zurück zum
Inhaltsverzeichnis

Geburt Christi

Hättest du der Einfalt nicht, wie sollte
dir geschehn, was jetzt die Nacht erhellt?
Sieh, der Gott, der über Völkern grollte,
macht sich mild und kommt in dir zur Welt.

Hast du dir ihn größer vorgestellt?

Was ist Größe? Quer durch alle Maße,
die er durchstreicht, geht sein grades Los.
Selbst ein Stern hat keine solche Straße.
Siehst du, diese Könige sind groß,

und sie schleppen dir vor deinen Schoß

Schätze, die sie für die größten halten,
und du staunst vielleicht bei dieser Gift —:
aber schau in deines Tuches Falten,
wie er jetzt schon alles übertrifft.

Aller Amber, den man weit verschifft,

jeder Goldschmuck und das Luftgewürze,
das sich trübend in die Sinne streut:
alles dieses war von rascher Kürze,
und am Ende hat man es bereut.

Aber (du wirst sehen): Er erfreut.
zurück zum
Inhaltsverzeichnis

16

Rast auf der Flucht in ägypten

Diese, die noch eben atemlos
flohen mitten aus dem Kindermorden:
o, wie waren sie unmerklich groß
über ihrer Wanderschaft geworden.

Kaum noch daß im scheuen Rückwärtsschauen
ihres Schreckens Not zergangen war,
und schon brachten sie auf ihrem grauen
Maultier ganze Städte in Gefahr;

denn sowie sie, klein im großen Land,
— fast ein Nichts — den starken Tempeln nahten,
platzten alle Götzen wie verraten
und verloren völlig den Verstand.

Ist es denkbar, daß von ihrem Gange
alles so verzweifelt sich erbost?
und sie wurden vor sich selber bange,
nur das Kind war namenlos getrost.

Immerhin, sie mußten sich darüber
eine Weile setzen. Doch da ging —
sieh: der Baum, der still sie überhing,
wie ein Dienender zu ihnen über:

er verneigte sich. Derselbe Baum,
dessen Kränze toten Pharaonen
für das Ewige die Stirnen schonen,

neigte sich. Er fühlte neue Kronen
blühen. Und sie saßen wie im Traum.
zurück zum
Inhaltsverzeichnis

Von der Hochzeit zu Kana

Konnte sie denn anders, als auf ihn
stolz sein, der ihr Schlichtestes verschönte?
War nicht selbst die hohe, großgewöhnte
Nacht wie außer sich, da er erschien?

Ging nicht auch, daß er sich einst verloren,
unerhört zu seiner Glorie aus?
Hatten nicht die Weisesten die Ohren
mit dem Mund vertauscht? Und war das Haus

nicht wie neu von seiner Stimme? Ach
sicher hatte sie zu hundert Malen
ihre Freude an ihm auszustrahlen
sich verwehrt. Sie ging ihm staunend nach.

Aber da bei jenem Hochzeitsfeste,
als es unversehns an Wein gebrach, —
sah sie hin und bat um eine Geste
und begriff nicht, daß er widersprach.

Und dann tat er's. Sie verstand es später,
wie sie ihn in seinen Weg gedrängt:
denn jetzt war er wirklich Wundertäter,
und das ganze Opfer war verhängt,

unaufhaltsam. Ja, es stand geschrieben.
Aber war es damals schon bereit?
Sie: sie hatte es herbeigetrieben

in der Blindheit ihrer Eitelkeit.

An dem Tisch voll Früchten und Gemüsen
freute sie sich mit und sah nicht ein,
daß das Wasser ihrer Tränendrüsen
Blut geworden war mit diesem Wein.

zurück zum
Inhaltsverzeichnis

Vor der Passion

O hast du dies gewollt, du hättest nicht
durch eines Weibes Leib entspringen dürfen:
Heilande muß man in den Bergen schürfen,
wo man das Harte aus dem Harten bricht.

Tut dir's nicht selber leid, dein liebes Tal
so zu verwüsten? Siehe meine Schwäche;
ich habe nichts als Milch- und Tränenbäche,
und du warst immer in der überzahl.

Mit solchem Aufwand wardst du mir verheißen.
Was tratst du nicht gleich wild aus mir hinaus?
Wenn du nur Tiger brauchst, dich zu zerreißen,
warum erzog man mich im Frauenhaus,

ein weiches reines Kleid für dich zu weben,
darin nicht einmal die geringste Spur
von Naht dich drückt —: so war mein ganzes Leben
und jetzt verkehrst du plötzlich die Natur.

zurück zum
Inhaltsverzeichnis

Pietà

Jetzt wird mein Elend voll, und namenlos
erfüllt es mich. Ich starre wie des Steins
Inneres starrt.
Hart wie ich bin, weiß ich nur Eins:
Du wurdest groß —
.... und wurdest groß,
um als zu großer Schmerz
ganz über meines Herzens Fassung
hinauszustehn.
Jetzt liegst du quer durch meinen Schoß,
jetzt kann ich dich nicht mehr
gebären.

zurück zum
Inhaltsverzeichnis

Stillung Mariä mit dem Auferstandenen

Was sie damals empfanden: ist es nicht
vor allen Geheimnissen süß
und immer noch irdisch:
da er, ein wenig blaß noch vom Grab,
erleichtert zu ihr trat:
an allen Stellen erstanden.
O zu ihr zuerst. Wie waren sie da
unaussprechlich in Heilung.
Ja sie heilten, das war's. Sie hatten nicht nötig,
sich stark zu berühren.
Er legte ihr eine Sekunde
kaum seine nächstens
ewige Hand an die frauliche Schulter.
Und sie begannen
still wie die Bäume im Frühling,
unendlich zugleich,
diese Jahreszeit
ihres äußersten Umgangs.

zurück zum
Inhaltsverzeichnis

Vom Tode Mariä

(Drei Stücke)

1

Derselbe große Engel, welcher einst
ihr der Gebärung Botschaft niederbrachte,
stand da, abwartend daß sie ihn beachte,
und sprach: Jetzt wird es Zeit, daß du erscheinst.
Und sie erschrak wie damals und erwies
sich wieder als die Magd, ihn tief bejahend.
Er aber strahlte, und unendlich nahend,
schwand er wie in ihr Angesicht — und hieß
die weithin ausgegangenen Bekehrer
zusammenkommen in das Haus am Hang,
das Haus des Abendmahls. Sie kamen schwerer
und traten bange ein: Da lag, entlang
die schmale Bettstatt, die in Untergang
und Auserwählung rätselhaft Getauchte,
ganz unversehrt, wie eine Ungebrauchte,
und achtete auf englischen Gesang.
Nun da sie alle hinter ihren Kerzen
abwarten sah, riß sie vom übermaß
der Stimmen sich und schenkte noch von Herzen
die beiden Kleider fort, die sie besaß,
und hob ihr Antlitz auf zu dem und dem ...

(o Ursprung namenloser Tränen-Bäche).

Sie aber legte sich in ihre Schwäche
und zog die Himmel an Jerusalem
so nah heran, daß ihre Seele nur,
austretend, sich ein wenig strecken mußte:
schon hob er sie, der alles von ihr wußte,
hinein in ihre göttliche Natur.

2

Wer hat bedacht, daß bis zu ihrem Kommen
der viele Himmel unvollständig war?
Der Auferstandne hatte Platz genommen,
doch neben ihm, durch vierundzwanzig Jahr,
war leer der Sitz. Und sie begannen schon
sich an die reine Lücke zu gewöhnen,
die wie verheilt war, denn mit seinem schönen
Hinüberscheinen füllte sie der Sohn.

So ging auch sie, die in die Himmel trat,
nicht auf ihn zu, so sehr es sie verlangte;
dort war kein Platz, nur Er war dort und prangte
mit einer Strahlung, die ihr wehe tat.
Doch da sie jetzt, die rührende Gestalt,
sich zu den neuen Seligen gesellte
und unauffällig, licht zu licht, sich stellte,
da brach aus ihrem Sein ein Hinterhalt
von solchem Glanz, daß der von ihr erhellte
Engel geblendet aufschrie: Wer ist die?
Ein Staunen war. Dann sahn sie alle, wie
Gott-Vater oben unsern Herrn verhielt,
so daß, von milder Dämmerung umspielt,

die leere Stelle wie ein wenig Leid
sich zeigte, eine Spur von Einsamkeit,
wie etwas, was er noch ertrug, ein Rest
irdischer Zeit, ein trockenes Gebrest —.
Man sah nach ihr: sie schaute ängstlich hin,
weit vorgeneigt, als fühlte sie: ich bin
sein längster Schmerz —: und stürzte plötzlich vor.
Die Engel aber nahmen sie zu sich
und stützten sie und sangen seliglich
und trugen sie das letzte Stück empor.

3

Doch vor dem Apostel Thomas, der
kam da es zu spät war, trat der schnelle
längst darauf gefaßte Engel her
und befahl an der Begräbnisstelle:

Dräng den Stein beiseite. Willst du wissen,
wo die ist, die dir das Herz bewegt:
Sieh: sie ward wie ein Lavendelkissen
eine Weile da hineingelegt,

daß die Erde künftig nach ihr rieche
in den Falten wie ein feines Tuch.
Alles Tote (fühlst du), alles Sieche
ist betäubt von ihrem Wohlgeruch.

Schau den Leinwand: wo ist eine Bleiche,
wo er blendend wird und geht nicht ein?
Dieses Licht aus dieser reinen Leiche
war ihm klärender als Sonnenschein.

Staunst du nicht, wie sanft sie ihm entging?
Fast als wär sie's noch, nichts ist verschoben.
Doch die Himmel sind erschüttert oben:
Mann, knie hin und sieh mir nach und sing.

zurück zum
Inhaltsverzeichnis